Meu Jardim Secreto

Shu-Nu Yan

ILUSTRAÇÕES: You-Ran Zhang

TRADUÇÃO: Silvia Sapiense

1ª edição

FTD

The Boy's Secret Garden
Text copyright © Shu-Nu Yan
Illustrations copyright © You-Ran Zhang
Brazilian Portuguese translation copyright © 2009 by Editora FTD S.A.
This Brazilian Portuguese edition was published by agreement with GRIMM PRESS.

Copyright da edição brasileira © 2009
Todos os direitos reservados à
EDITORA FTD S.A.
Matriz: Rua Rui Barbosa, 156 – Bela Vista – São Paulo – SP
CEP 01326-010 — Tel. (0-XX-11) 3598-6000
Caixa Postal 65149 — CEP da Caixa Postal 01390-970
Internet: www.ftd.com.br — E-mail: projetos@ftd.com.br

Gerente editorial Silmara Sapiense Vespasiano • **Editora** Ceciliany Alves • **Editora assistente** Eliana Bighetti Pinheiro • **Assistente de produção** Lilia Pires • **Assistente editorial** Vânia Aparecida dos Santos • **Preparadores e revisores de texto** Adolfo José Facchini, Débora Andrade, Elvira Rocha, Maria Clara Barcellos Fontanella • **Coordenador de produção editorial** Caio Leandro Rios • **Editora de arte** Andréia Crema • **Diagramador** Edgar Sgai • **Gerente de pré-impressão** Reginaldo Soares Damasceno

Com estilo literário delicado e elegante, Shu-Nu Yan, autora premiada, é apaixonada pela escrita e pelo desenho da natureza.

**Dados Internacionais de Catalogação na Publicação (CIP)
(Câmara Brasileira do Livro, SP, Brasil)**

Yan, Shu-Nu
  Meu Jardim secreto / Shu-Nu Yan ; ilustrações You-Ran Zhang ; tradução Silvia Sapiense. — 1. ed. — São Paulo : FTD, 2009.

  Título original: The boy's secret garden.
  ISBN 978-85-322-7121-1

  1. Contos — Literatura infantojuvenil
I. Zhang, You-Ran. II. Título.

09-03493   CDD-028.5

Índices para catálogo sistemático:
1. Contos : Literatura infantil 028.5
2. Contos : Literatura infantojuvenil 028.5

A - 935.573/25

Aos meus pais e aos animais da floresta:
os sapos, os esquilos, as corujas...

Meu nome é João. Minha família tinha um pequeno armazém em uma ruazinha próxima a uma rua movimentada. Meus pais viviam ocupados e eu tinha asma, por isso passava a maior parte do tempo no sótão. Eu amava desenhar e adorava me debruçar na janela e observar uma misteriosa área verde que havia na vizinhança, bem perto de casa.

Essa área era uma fábrica abandonada, cercada por muros altos, e lá havia muitas árvores grandes. Trepadeiras cresciam espessas sobre as árvores. Era um bosque bem misterioso. Embora a maioria das pessoas não pudesse entrar, parecia que muitos animais moravam lá. Durante o dia, à noite, depois da chuva ou sob a luz da lua, diferentes sons vinham do bosque.

Às vezes eu ouvia muitos sussurros vindos de lá, e era como se estivessem contando um segredo. Eu deitava na minha cama e ficava ouvindo atentamente. Quando os sons se aproximavam mais da minha janela, eu ficava bem quietinho e respirava silenciosamente até o som desaparecer.

Todos os dias eu me perguntava: "Que animais vivem nesse bosque?".

Mesmo mamãe, que cresceu nas montanhas, frequentemente dizia, enquanto lavava a louça:

– Por que eu ouço o som de um texugo bebê se esse tipo de animal só vive em florestas?

Mamãe também achava aqueles barulhos estranhos.

Uma senhora gentil, que era freguesa do armazém, comentava:

– Esse bosque é tão bonito! Toda vez que passo por ele, não consigo evitar de parar um pouquinho e ficar apreciando a vista.

Mamãe dizia:

– As árvores crescem muito próximas. Deve haver alguns animais estranhos no bosque.

Quando ouvia as palavras de minha mãe, uma linda imagem se formava na minha cabeça.

À noite, quando as pessoas estavam dormindo, todos os animais saíam do bosque e brincavam entre as árvores à beira da estrada e no parque.
Os animais das montanhas próximas também desciam e iam para o bosque à procura de aventura.

Como o bosque era bem perto de casa, quando estava quente, sapos tomavam um bom banho na pia da cozinha de minha mãe. Passarinhos voavam e comiam o arroz que caía no chão.

Uma gata listrada desfilava com frequência pela nossa casa. Ela subia no telhado para tomar banho de sol. Certa vez, chegou a ter uma ninhada em nosso armário.

Uma vez, ao abrir o alçapão do sótão, encontrei um esquilo sentado no parapeito da janela. Olhei para ele bem nervoso, e ele virou a cabeça para olhar para mim. Depois de nos encararmos por três segundos, ele fugiu por um galho de árvore. Havia, no parapeito, sementes pequenas e grandes que, provavelmente, o esquilo deixou para trás.

Mamãe pegou as sementes e disse:

– Toda árvore cresce de uma sementinha como esta!

Surpreso, olhei para aquelas sementes mágicas e as plantei em vasos, regando-as diariamente, esperando que elas brotassem logo.

Nossa casa se tornou um lugar interessante por causa do bosque. Todos os dias alguma coisa emocionante acontecia. Eu decidi transformar o bosque em meu jardim secreto, meu refúgio.

Em uma tarde de outono, o bosque estava forrado com lindas flores amarelas e eu decidi procurar algumas de suas sementes para plantar em meus vasos. Usei uma corda para descer para o outro lado do muro. Esta foi a primeira vez que eu entrei no meu jardim secreto.

Peguei algumas sementes e olhei curioso para o grande bosque.

Quando eu passava por debaixo de uma figueira, ouvi ruídos vindos do topo da árvore, como se muitos pezinhos estivessem fugindo de mim. Eu fiquei tão assustado que corri de volta para o meu sótão.

Talvez o bosque fosse um refúgio
também para os animais, e as pessoas
não devessem entrar lá sem serem convidadas.
Talvez as mães dos animais tenham dito a eles
para não se aproximarem de estranhos,
assim como minha mãe me dizia.
Então eu decidi ficar fora do bosque.
Enquanto eu pudesse, todo dia,
olhar para o refúgio, que
era meu e dos animais,
ouvir seus misteriosos
sons e sentir o cheiro
fresco das plantas e flores,
eu estava feliz.

Certo dia, acordei com um forte barulho e com o brilho do sol entrando no meu quarto. Abri a janela e vi que as árvores e as flores do bosque tinham sido quase que totalmente cortadas. Uma escavadeira agitava sua garra gigante sob a luz do sol.

Fiquei chocado e furioso. Desci as escadas correndo e vi que eles haviam colocado todos os galhos cortados em uma pilha desordenada. As folhas que costumavam dançar ao vento estavam todas caídas no chão.

— Por que vocês cortaram as árvores? – gritei para os trabalhadores.

O dono do terreno, que estava por ali, disse:

— Nós vamos levantar um grande prédio aqui, e essas árvores iriam bloquear meus *outdoors*.

— Vocês não podem cortar essa árvore!

Com os braços ao redor do tronco, tentei proteger a última velha figueira.

— Essa terra não é sua! — respondeu o dono, chutando rudemente a árvore.

— Ela pertence a todos nós!

Eu estava tão nervoso que minhas mãos tremiam. Eles me puxaram e me empurraram para fora do lugar.

Minha mãe correu para mim e me abraçou.

— O que aconteceu, João?

— Ele se foi, mamãe! Nosso refúgio foi destruído!

Eu solucei e gritei por todo o caminho até chegar ao sótão.

Naquela noite, eu fiz um desenho após outro.
Mas meu coração não encontrava paz.

A escavadeira trabalhava todos os dias. Em meio a cabos de aço e concreto, um monstro enorme crescia e crescia.

As folhagens desapareciam de minha visão, e eu não podia mais sentir o cheiro fresco de grama trazido pelo vento. Pétalas amarelas pararam de flutuar ao vento. Silenciosamente fechei minha cortina.

Naquele inverno minha asma voltou. Todos os dias, só o que eu podia fazer era ficar em meu pequeno sótão e observar a imensa sombra do lado de fora de minha janela. As sombras também começaram a envolver meu coração.

Certa manhã, ouvi um som familiar do lado de fora de minha janela. Abri as cortinas e vi muitos pequenos brotos que cresciam nos meus vasinhos no parapeito da janela. Eles brilhavam sob a luz do sol.

Parecia que eu ia voltar a ver, da minha janela, o verde lá fora.

Uma história que viverá para sempre em meu coração

You-Ran Zhang

Durante a minha infância, uma pequena floresta preenchia a minha imaginação. Era meu refúgio.

Havia muitas árvores bonitas crescendo lá. No outono, o brilho da árvore Flor de Ouro, com suas pequenas flores amarelas, iluminava toda a floresta. Percebi que as árvores sorriam para mim. As flores amarelas logo se transformavam em fios de sementes vermelhas em formato de vagem, o presente mais precioso que as árvores podiam me oferecer. Durante o dia, a luz do sol era filtrada por entre o topo das árvores e os raios multicoloridos davam à floresta um ar misterioso. À noite, os sons de corujas, sapos e outros animais da floresta se misturavam em uma sinfonia, estimulando minha imaginação.

Mas, em uma manhã, o estridente som de uma serra elétrica me sacudiu e me acordou, enquanto destruía minha amiga de infância – minha floresta. A escola de educação infantil do final da alameda decidiu derrubar a exuberante floresta para "limpar o ambiente". Apesar de meus protestos e de meu empenho para tentar salvar as árvores, eles continuaram a destruir a floresta toda. Meu coração estava profundamente ferido pelo incidente. Tomado pela tristeza, eu também me sentia mal.

Por muito tempo, quis fazer algo por aquela pequena floresta, e também encontrar uma maneira de cicatrizar meu coração ferido. Contei a um amigo, por acaso, sobre a floresta, e ele explicou minha conexão com ela e os motivos que me deixavam tão triste. Instantaneamente, compreendi tudo, e decidi trabalhar neste livro em memória da minha relação de amizade com a pequena floresta. É uma história que viverá dentro de mim para sempre.

No passado, muitas histórias semelhantes enfatizaram a destruição de grandes ambientes. Neste livro, eu pretendo trazer o foco de volta à comunidade em que cada um de nós vive, e atrair a atenção para esse assunto partilhando minha própria história. Vamos cuidar do meio ambiente e redescobrir a beleza de cada recanto de nosso bairro. Vamos contar histórias sobre nossas próprias comunidades.

A autora

Shu-Nu Yan nasceu entre lindas florestas no vilarejo de Nansi, na cidade de Tainan, Taiwan. Ela estudou desenho comercial na faculdade e, por seu amor ao desenho da natureza, continuou os estudos com o curso de doutorado no Instituto de Literatura Infantil em Taitung, onde o mar parece uma gelatina de frutas multicoloridas.

Seu estilo literário é detalhado e elegante, suas descrições são levemente poéticas, enquanto criam imagens vívidas.

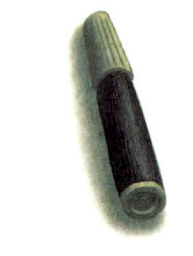

O ilustrador

You-Ran Zhang nasceu em Jingmei, Taipei, Taiwan. As lembranças felizes da floresta próxima da casa de sua infância inflamam o forte desejo por trás deste livro. Foram necessários quatro anos de trabalho duro para completar esta linda exaltação à vitalidade e resiliência das plantas. Com traços delicados e suaves *dégradés*, You-Ran Zhang capturou bem de perto uma rápida visão da misteriosa floresta sob as espessas folhas. Suas pinturas são cheias de profundidade e significado, e este livro engenhosamente trata da relação entre ser humano e natureza do ponto de vista de uma criança. O livro também transmite a importante mensagem de respeitar, proteger e ter contato com a natureza.

Produção gráfica

FTD educação | GRÁFICA & LOGÍSTICA

Avenida Antônio Bardella, 300 - 07220-020 GUARULHOS (SP)
Fone: (11) 3545-8600 e Fax: (11) 2412-5375

São Paulo - 2025